KB199194

억새꽃

책 만 드 는 집 시 인 선 1 4 0

억새꽃

최인수 시조집

책만드는집

늘그막에 민얼굴을
세상에다 드러낸다
짬짬이 모아둔 글을
잠재울 수 없었나 보다
누구에겐가 어쭙잖은 분신을
내보인다는 것이
못내 부끄럽긴 하지만
한창 젊었을 때의 필적에
힘을 실어주려 노력했다
무엇보다 이 나이까지
살아온 것에 감사한다
힘든 일도 많았지만
그래도 인생은 살 만한 것
방점 하나 찍는 그날까지
거북이걸음을 멈추지 않으리라

2019년 12월
최인수

5

| 차례 |

1부　우리 소나무

2부   억새꽃

3부   꽃 필 무렵

4부   은목서

5부   벚꽃장 서다

1부

우리 소나무

목련 지다

빈 하늘 빼곡하게
날아든 하얀 철새

웅크린 가지마다
온기만 남겨놓고

덩그렁
낮달 앉힌 채
어디론가 가고 없다

옥수수밭

훈련소 연병장에 입소한 젊은 애들

한창때 말해주듯 붉은 머리 하고 있다

바람이 호명을 하자 움찔움찔 놀란다

우로 봣! 고함 소리 목 삐꺽 돌려댄다

팔월의 이랑마다 포복하는 뙤약볕

씩씩한 군홧발 소리 서걱서걱거린다

청동 삼족솥

죽어도 놓지 않는 이름을 남기려고
어디든 달려가서 얼굴을 들이민다
가짜가 진짜가 되는 그런 형국이랄까

민낯을 뒤집어서 하늘을 쳐다본다
구름은 죄 안 지어 물같이 흐르는데
나더러 풀이 말하길 흔들리며 살란다

아침에 눈을 뜨니 이슈 된 뉴스 하나
허우대 멀쩡한 놈 은팔찌 차고 간다
삼족솥 불덩이 속에 활활 타는 말씀들

이팝나무

큰길가 양옆으로
길게 늘인 노숙자

김 모락 안개비가
쌀밥 수북 푸고 있다

허기를
달래준다고
한 철 봄의 어깨춤

새해 아침

와사삭 한입 성큼
베어 문 아침 사과

새콤한 과즙 향기
몸속 은은 퍼져갈 때

물까치
바쁜 도마질
좋은 예감 썰어댄다

우리 소나무

내 비록 이름값은 아지랑이 몸체 같아도
이 강산 골골마다 버텨낸 민초란 걸
때로는 허리를 굽혀 학을 앉혀 춤췄다

풀대죽 못 끓여서 애태운 울 엄니는
들에서 삘기 뽑고 산에 가 송기 꺾어
허기진 세월 달래며 질긴 세상 살았다

단연코 소나무는 허투가 아니란 걸
날개 편 궁궐에서 대들보 되었다가
풀 먹인 모시옷 입고 먹을 가는 선비임을

붕어빵

찬 바람 불어오자 몰려나온 황금붕어
갑옷도 번쩍번쩍 어디로 가려는지
눈망울 띠루룩 띠룩 달아날 곳 엿본다

새벽길 발품 팔아 파지 모아 터 다지고
굴곡진 삶을 돌아 빵틀을 돌린 노파
답 없는 인생 삼 막이 눈보라를 데운다

아이들 몰려오고 아줌마 다가오고
등용의 기 받으려 취준생도 줄을 선다
몰려든 손님들 모두 대박 났음 좋겠다

세필細筆 이력서

부모님 물려주신
민얼굴 화선지 위

갈필로 스륵스륵
생의 궤적 그리다가

얄궂은
몹쓸 바람이
가는 선만 그었다

만우절

오늘도 기념일처럼 신문에 대서특필
애꿎은 소방대만 퉁퉁 닳아 속 끓이고
모두 다 하얀 거짓말 웃어넘기질 못한다

불바다 운운하며 폭발물 숨겼다는
잘사는 우리네가 그렇게도 배 아픈지
또 한 번 그냥 덮기엔 아무래도 심상찮다

집 나간 우리 형이 반세기 훌쩍 넘게
어디서 세월 베를 숨죽여 짜고 있는지
차라리 허풍이라도 하늘 아래 산다는

마스크

겨울과 함께 떠난 독감도 숨었는데
밤낮을 콜록콜록 눈조차 뜰 수 없다
목젖이 퉁퉁 부어서 말하기도 힘들어

올빼미 인간 군상 대낮에 활보한다
영화를 보여주려 스크린 된 먼지 시야
대륙발 은밀한 음모 자막 없이 상영되고

바람에 흔들리는 풀잎이 귀띔한다
손안에 갇힌 새를 가볍게 날려주고
비 오고 햇볕 드는 걸 그냥 바라보란다

역시 그래

백수란 명찰 달고 눈치 본 그 어느 날
사회의 햇병아리 첫 출근 시작됐다
모두가 꺼리던 3D 끌어안고 춤췄다

경전이 따로 있나 일하면 돈이 되고
외로움 쫓다 보면 자존도 살아나고
아직은 할 수 있음이 그 자체가 봉이지

한세상 살다 보면 설움은 삼면이고
길 두고 뫼 못 가듯 누구나 한길이니
일이란 있어야 좋은 것 역시 그래 나 또한

해맞이

솜 같은 억새꽃이
목도리 되어주고

새로 간 하늘 한 장
입김 불어 닦아간다

수평선
철썩 때리자
응애 우는 불덩이

반구대 암각화

큰 바위 화판 삼아 요철로 새긴 그림
칠천 년 잠을 깨고 눈 비벼 일어선다
갑자기 첩첩산중이 놀란 듯이 술렁인다

나무로 울을 쳐서 멧돼지 새끼 치고
먼바다 고래 떼도 연안으로 불러들여
몇 세기 가족을 이뤄 지상낙원이었을

아직도 돌거북은 어디로 가려는지
이 골짝 저 골짝을 기어가다 멈춰 있다
청동기 민무늬토기 그 시대를 읽는다

백자

저 순백 하늘과 땅
화선지라 해두자

대숲이 붓을 들어
바람을 그려가면

푸드덕
깃을 퍼덕여
날아오른 두루미

2부

억새꽃

억새꽃

머리를 빗어가다
가을 온 줄 알았다

저무는 산등성이
나부끼는 은빛 물결

서둘러
가야 할 길이
가르마로 놓였다

경로당 한글교실

여든 살 우리 할매 가방 메고 학교 간다
머리도 곱게 빗고 이름표는 왕브로치
저만치 앞서간 친구 불러대며 종종걸음

아가씨 선생님이 풋고추 발음하면
어르신 학생들은 푸꼬치라 따라 한다
마침종 안 울렸지만 웃음으로 끝난 공부

거친 땅 공책 칸칸 기역니은 심은 씨앗
내 생각 비도 먹고 초록 잎 너울댄다
가을볕 햇살을 받아 탄탄 여문 자서전

이팝나무 가로수

엄동을 건너뛰며
용케 산 노숙 행렬

천사의 급식소엔
모락모락 김이 나고

수북이
푸는 저 쌀밥
배부르게 먹겠다

염색을 하며

아득한 기억 저편 그날의 더벅머린
우인이 초례청서 간절하던 파 뿌리가
그것을 닮은 한 생이 지난 시절 그린다

말없이 따라다닌 대머리 보름달도
돌아갈 고향 없어 산 중턱에 앉아 있다
요즘에 아내는 부쩍 머리까지 간섭한다

백설을 덮으려고 오징어 먹칠할 때
욱하던 벽력 성질 쥐 죽은 듯 응해준다
나이를 감추고 싶어 거울 빤히 보고 있다

문간방

사글세 안 나가서
다시 한 리모델링

세입자 눈에 들게
양탄자도 깔았다

그래도
마음 못 놓아
세놓음이라 붙였다

낚시꾼 아버지

사업에 속 끓이던 아버지는 내색 없이
그래도 하고픈 말 등에다 묻어두고
강태공 흉내를 내며 밝기 전에 물가로

어머니 품팔이는 시장통 허드렛일
온종일 나부대야 지폐 몇 장 받아 쥔다
남몰래 흘린 땀방울 보석처럼 빛나고

"제발 좀 아부지요 어무이 좀 도우소"
아무 말 안 하더니 응급실 누워 있다
그동안 인력시장에 노가다 한 사실을

수저 두 벌

마주한 끼니마다 겸상이 오붓하다
반백 년 익힌 솜씨 내 입맛 맞춰주네
숟가락 수북이 떠서 서로 건넨 눈웃음

맷돌을 업은 듯이 등 굽은 한 세월을
잡은 손 놓지 않고 당겨주고 밀어주고
가다가 오르막에선 때론 덜컹거렸지

창밖을 언뜻 보니 꽃 커플 걸어간다
지난날 저 길 위에 우리 내외 있었는데
어느덧 억새밭 속을 함께 걷고 있구나

야간 경비

달마저 숨어들자
먹빛 되어 눈 감은 밤

허허한 눈썹 빗어
억수 졸음 참아가면

인생을
잘못 살은 듯
되감기는 나이테

한낮 땡볕

아파트 골목골목
풋잠 깨우는 목쉰 소리

펄떡 뛴 개구리참외
토마토 사이소 토마토

저 농심
애절한 가락
얼굴빛이 타고 있다

더부살이

설득 끝 모셔 와서 촌살림 합치던 날
푸성귀 일색으로 차려낸 개다리소반
씹히는 나박김치 맛 울컥하는 빈자리

낮과 밤 구분 없이 볕은 늘 숨어 있고
현관문 닫는 소리 가슴 철렁 홀로된
벽 사이 갇힌 안거에 바깥세상 엿본다

베란다 저 너머는 성처럼 아찔하다
할멈이 내민 손에 놀라 퍼뜩 눈을 뜨니
차라리 노숙하는 게 낫겠다는 생각이

꾸밈없는 광고

할머니 추위 입고
잘 익혀낸 군고구마

세 개에 이천 원요
삐뚤빼뚤 표지 글씨

손 시린
발길들 멈칫
호호 불며 읽는다

영도다리

다리가 끊어지며 벌떡 서는 부산 명물
그걸 한번 보겠다고 모여드는 관광객
그날 그 동족의 상잔 기억이나 할는지

다리 난간 아래로 배들이 들고 날 때
가슴을 짓누르는 동백꽃빛 뱃고동 소리
가족이 이산하던 일 눈물 몇 줌 보탠다

국제시장 헤매 돌던 억양 센 함경 사투리
광부로 나갔다가 월남에서 돌아왔지
갈매기 구슬픈 가락 불러대는 금순아

만회정*

강물 위 떨어진 놀 화문석 자리 편다
누각에 몸을 기대 지난 삶 돌아보면
싸르락 댓바람 소리 회초리를 내리친다

은빛 깃 물감 들여 서녘 하늘 나는 백로
어딘가 기댈 둥지 기다리고 있나 보다
사방을 둘린 바람벽 나는 여기 머물고

한 생을 발품 팔아 바다에 다가가는
멈추지 못한 궤적 쫓고 또 쫓기면서
잘 닦인 말간 하늘에 초승달이 눈 뜬다

* 晩悔亭. 울산 태화강 십리대밭 안에 있는 정자.

다시 길 위에

만약 신이 있어
날 버리지 않는다면

시련의 이 길 위에
주저앉지 않을 것이다

어차피 던진 주사위
한판 세상 아니냐

아직 나에겐
젊음이란 밑천 있기에

설령 돌부리에
생채기가 난다 해도

또 한 번 오뚝이 되어
묵묵하게 갈 것이다

3부

꽃 필 무렵

꽃 필 무렵

터진다, 여기저기 분 냄새 코 찌른다
일제히 가로수는 꽃가루 뿜어댔고
갑자기 울렁증 일어 마른기침 뱉는다

들렸다, 한밤까지 눈 녹은 골 물소리
말 없는 촛농처럼 마음도 뜨거웠고
큰 물길 도도한 기세 새 길 하나 내었다

깨금발 아지랑이 식곤증 불러온다
늘어진 시곗바늘 이쯤서 머문다면
도잠이 꿈꾼 세상이 아마 지금일 수도

산비둘기

숲에서 구욱구욱
허스키한 울음소리

어디서 짝을 잃고
밤낮 저리 목이 메나

철쭉도
어쩌지 못해 퉁퉁
눈이 붓나 보다

비질 소리

새벽녘 머리맡을 싸악싸악 쓰는 소리

뒤숭숭 간밤 악몽 말끔히 쓸려 간다

청소부 지나간 거리 푸른 세상 눈 뜨고

일상의 때 탄 흔적 수북 쌓인 가슴들도

저 무구 비질 앞에서 모두 쓸려 간다면

흙길이 아닐지라도 맨발 되어 걷고 싶다

오염

마음아 너는 어디
꼬옥 꼭 숨은 거니

오수로 더럽혀진
널 찾을 수 있다면

푸른 산
흐르는 물에
맑게 씻어 헹굴 텐데

습작

가슴 저 밑바닥서
캐어낸 돌 한 덩이

머리가 하얗도록
갈고 또 닦았더니

밤하늘
별이 되어서
푸른빛을 더하네

봄 산

사나흘 내린 봄비 산 성큼 다가선다
겨우내 막힌 혈맥 투석하는 계곡 바람
조금씩 뚫리는 골짝 새 길 여는 물소리

송화분 톡톡 찍어 뽀얗게 화장하고
산등성 넘어가는 젊은 저 산울림에
노송은 용을 닮으려 비늘 세워 꿈틀댄다

오종종 우산 들고 마중 온 아기 버섯
풀뿌리 약초들도 새로 잎 돋아나고
옹달샘 찾은 고라니 얼굴 곱게 씻는다

자귀나무

낮에는 누가 볼까
새처럼 깃을 펴고

어둠이 덮어오자
스르르 합해진 몸

사랑의
불꽃놀이로
폭죽 팡팡 터진다

따돌림

짓궂은 아이 몇몇
내 편 네 편 가르더니

닭싸움 시키듯이
짝꿍을 주연으로

힘 약한 조연 철이는
눈치 보며 안절부절

보고만 있지 못해
기사도 됐던 나는

코피를 흘려가며
한판 붙은 싸움 끝에

홰치던 수탉의 모습
교실 안이 들썩들썩

어느 생물학자

비행기 뜨기 직전
급박한 일 발생했다

가방에 기고 있는
왕개미 한 마리

이민을
보낼 수 없어
내려놓고 가자 한다

벚꽃 길

겨우내 때 묻은 옷
볕살에 맑게 씻어

쭉 늘인 울타리에
말쑥이 헹궈 넌다

하얗게
말리는 빨래
흠흠 풍기는 비누 향

가을비

길바닥 알록달록 모자이크 하는 낙엽
밤새 뉘 떠나는지 만장처럼 젖어 있고
우리들 마음 자락에 끊긴 현을 잇는다

세상 다 잠긴 밤에 가물대는 불빛 몇 점
아직도 무슨 생각 지우지 못해선지
말 못 할 내면 이야기 꾹꾹 눌러 쓰고 있다

풀벌레 목이 잠겨 눈물도 말라버린
이 고요 적막 끝에 풍경 하나 매달리고
속 깊이 갈앉은 앙금 가만가만 풀리겠다

새벽 퇴근

귀딱지 떼고 떼도
달라붙는 경적 소리

늦잠이 느린 해를
아차 하고 걷어내니

말갛게
귀 씻어주는
꽃 핀 봄날 새소리

길고양이

새끼들 거느리고 먹이 찾는 새벽녘에
어미는 초병哨兵인 양 번득이는 눈의 광채
비닐 속 썩은 도심을 발로 푹푹 찢고 있다

아파트 귀퉁이에 놓여 있는 쓰레기통
자극한 밥내 술술 눈빛 화살 퍼부어도
못 뚫은 철옹성 허기 또 어디서 때우나

악쓰는 고통 소리 하늘 푹푹 찢어댄다
암놈의 페로몬에 도취되는 악성들
두 눈에 형광등 달고 단체 농성 하고 있다

겨울 군무

빈 하늘 무대 삼아
공연 앞둔 떼까마귀

찢어진 검정 도포
휘적휘적 원 그리며

술 덜 깬
컬컬한 목청
발성 연습 한창이다

4부

은목서

바느질

가난을 숙명처럼 기워가던 긴 겨울밤
식솔들 애면글면 쌀 한 됫박 간절하고
눈꺼풀 세우는 바늘 손톱 밑을 찌른다

한 땀 한 땀 뜨는 솔기 궤적인 듯 아득하고
엄동에 꽃이 피는 이부자린 남의 땅
문밖엔 안부를 묻는 눈이 펄펄 날린다

두루마기 걸쳐 입고 길 나서는 집 어르신
눈밭 위 성큼성큼 실밥 같은 발자국들
그 흔적 따라서 가면 사서삼경 읽겠다

은목서

어머니 몰래 살짝
입고 오신 흰 달빛 옷

섬섬한 그 매무새
시침 자국 안 보인다

뜰에 퐁
뚜껑 열고서
두고 가는 만리향

부지깽이나물

쌉쌀한 나물 향기
뭐냐고 물었더니

유년에 매로 맞은
회초리 그거란다

갑자기
콧등이 시큰
가슴 저민 어머니

시래기

속 떨린 이런 날은 더운 국이 제격이다
생된장 듬뿍 풀어 왕멸치 우린 물에
푹 끓인 서정 한 그릇 거뜬하게 비운다

알배기 동생 위해 너덜 된 맏형 세월
찬 바람 불 적마다 사박사박 소리 난다
흙벽에 기댄 햇볕도 그땐 정말 허했지

백비탕 설움 딛고 잔주름 펴다 보면
이제는 웃으면서 말할 수 있다는 걸
굳은 몸 어혈도 풀려 두물머리 흘러간다

박

등성이 지붕 삼아
돋아난 총총 별이

어느새 얼굴 씻고
보름달로 솟아났다

종갓집
며느리 손은
감로수를 긷겠다

새봄에 그리다

함박눈 한지 떠서 펼쳐 넌 마당귀에
바람 붓 먹물 찍어 수묵화 그려간다
참 고운 핏방울 솟아 웃어 보인 홍매화

화마에 입은 흉터 연녹색 칠해간다
지난해 보던 꽃은 올해도 그대론데
구경 와 웃는 사람은 하나같이 낯설어

뻐꾸기 퐁당퐁당 물바가지 푸는 설움
못 잡은 세월 자락 찰랑찰랑 넘치는데
가는 봄 길에선 나도 고개 하나 넘겠네

설날

썰렁함 쫓아내고
모여든 기러기 가족

설날의 페스티벌
윷놀이 판 벌였다

어깃장
때때옷 손자
모로 누운 웃음소리

입춘 부적

곳곳에 분탕질을 어지간히 저지르고
고드름 재갈 물려 눈을 감긴 수도꼭지
벌렁댄 붕어 아가미 지느러미 퍼덕인다

고뿔로 지핀 냉돌 새우잠 쪽방에서
아침을 끓여대며 입으로 뿜은 연통
유리창 켄트지 위에 손가락이 편지 쓴다

주련으로 내건 부적 입춘방 흘깃 보고
신방돌 내려서며 기 꺾인 한파 대감
털모자 벗은 버들은 봄나들이 가자 한다

호박

색시 적 곱던 얼굴
뙤약볕에 내어주고

어린것 그늘 골라
젖 물렸던 어머니

시름도
덩굴째 말라
주름 깊어 앉았다

가을밤

똘똘똘 귀뚜리가
달빛 책장 넘기는 밤

난해한 문장들에
갈잎이 주註를 달고

서리는
복사기 돌려
한국화를 출력한다

솥발

무쇠솥 떠받치던
삼 형제 우애 앞에

그 오래 무릎관절
앓아오신 아버지

기우뚱
쏠리는 몸짓
서로 손을 내민다

정적

바늘 콕 찌르면
빵 터질 듯 부푼 대낮

저리도 석류꽃은
붉다 못해 수줍은데

꼬꼬댁
도끼날 들어
홰를 치는 금빛 수탉

늦은 후회

황홀한 일출처럼
잘 익은 홍시 한 접

빼앗긴 세월 앞에
콜록거린 빈자리만

오롯이
드리려 해도
받을 이가 없음을

전통시장

푸성귀 올망졸망 돗자리에 뉘어 있다
거미손 할머니는 시달린 주름살에
새침한 아낙네한테 열무 팔고 허리 편다

가게에 걸어놓은 굴비 두름 주절주절
뻥튀기 남산 아재 터뜨리는 숨은 쾌재
한세상 거슬러가며 읽어주는 잡지 같다

마음이 스산하면 저자 골목 누벼보렴
시름은 어느 사이 흥정으로 흩어지고
계절도 멈추지 않아 서걱대는 장바구니

언제나 지켜주는 종갓집 안채 같다
세월은 변하여도 상인 심성 따뜻해서
가게는 꾸밈 없어도 고향 같은 향수다

5부
벗꽃장 서다

뽕!

누굴까 시선들이
날 향해 쏘아본다

두리번 굴러가는
차내의 눈망울들

다시 뽕!
아이의 신발
웃음보가 터졌다

벚꽃장 서다

겨우내 손꼽았던 청명에 장이 섰다
목 좋은 알배기 땅 골목 아재 자리 잡고
뻥이요! 소리도 없이 밥상 펑펑 튀긴다

큰 대목 아닌데도 물밀듯 밀려와서
목마른 삼포세대 웃음 띤 할매부대
여좌천 물소리 업고 어디론가 흐른다

각설이 육자배기 둘러선 구경꾼들
혼쭐이 반쯤 풀려 되감지를 못할 때
눈 깜박 감고 뜬 사이 남행열차 내뺐다

가을 엽서

물드는 이 가을은 화장한 네 모습 같다
사는 일 힘겨운지 소식조차 묻힌 오늘
단풍잎 서정을 담아 민낯으로 다가간다

쌀 씻는 소리처럼 울어대는 벌레 울음
저들도 끝나가는 한생이 서러운지
짧은 밤 더디 새라며 못다 한 말 쏟는구나

올여름 기쁨 줬던 예쁜 꽃들 환한 웃음
까맣게 여문 씨앗 봉지 봉지 채워가며
사랑아, 보고 싶단 말 가슴 꼭꼭 숨길래

취업

고시촌 인문실에
불야성 밝힌 막내

잘록한 개미허리
바늘귀 통과한 날

네 살 된
손자의 전화
합격했대 짬쭌이

메르스

눈 못 뜬 모래바람 한반도를 뒤덮던 날
예민한 워킹맘들 중심을 잡으려고
어린것 품에 꼭 안고 애면글면 걱정했다

기침만 한번 해도 날아드는 눈화살
마스크로 봉쇄된 방호벽이 세워지고
때아닌 날벼락 앞에 휴교령이 내려져

저 사막 단봉낙타 뭔 잘못 있느냐며
도 넘은 인간 욕망 반성문 쓰라는 듯
불청객 다시 오려나 변방 문을 조심히

저 눈빛

기계에 일 내준 뒤
뱅뱅 도는 말뚝에서

몸집만 잔뜩 불려
방울눈 끔벅끔벅

내일엔
어디로 갈지
물어볼 걸 그랬나

하얀 천사

밥 달라 칭얼칭얼 늙은 애 돌보느라
오늘도 살그머니 천사가 다가오네
지지야 말려도 말려도 분탕질이 끝없다

엄마 나 저 사람과 꼭 결혼할 거야
침 발라 머리 빗고 물 찍어 분 바르고
미수에 아가씨 되어 꽃밭 속을 거닌다

어디론가 날아갔다 돌아보면 늘 그 자리
꿈결에 누군가가 손사래 치는 건지
유리창 스크린 너머 나비 훨훨 날고 있다

구름 목말 타고

늘그막 아버지는 물가에 자주 간다
버드나무 물소리를 모시옷에 숨겨 입고
허구한 세월 낚는지 종일 낚대 드리웠다

생이란 찌를 보듯 기다림일 것이다
어쩌면 오지 않을 그 월척 낚기 위해
흰 구름 목말 타고서 흘러가고 또 가고

세월이 새긴 문신 검버섯 점점 늘어
회한이 물거울에 비쳐오는 날들이여
심연을 어루만지듯 흔들리는 풀을 본다

들보

눈 밝아 바늘귀도
거침없이 꿰던 시절

마음눈 안과 밖이
초점은 하나인데

사물이
생각 밖이면
허상마저 안 보여

탁란

알람이 등 떠밀어 벼랑에 서는 아침
차도엔 오늘따라 눈에 불 켠 후미등만
치근댄 아이의 마음 지각할까 발 동동

해종일 뻐꾹뻐꾹 가슴에 푸는 샘물
수전증 대리모의 모습이 어른거려
시침도 오후가 되자 눈꺼풀이 무겁다

이 둥지 저 둥지로 기웃거린 저문 하루
고 작은 초록 부리 잎맥 콕콕 쪼아대다
낯이 선 갓등 아래서 얼굴 인식 중이다

시집을 읽다가

무지개 마음들을
명주실로 뽑아내어

공기보다 더 가벼운
견사로 짠 머플러

지친 삶
달래어주는
상담사가 따로 없다

첫서리

밤사이 하늘과 땅 보석 팩을 하였다
뽀얗게 되살아난 민낯의 이 눈부심
햇살은 가만 다가와 간접 조명 하고 있다

가난한 나의 뜰을 환히 밝힌 황금 별로
깊어진 향기 풀어 국화차 내어 오면
이 오랜 천식도 점차 눈 녹듯이 갈앉고

비로소 산과 들은 단풍 물 드나 보다
강물이 거울 꺼내 자기 얼굴 비춰 볼 때
바람은 가지 비집고 겨울 속을 가고 있다

활화산

활화산 북한산이
시나브로 연기 뿜어

펑 하고 터진 분화
검은 재 덮은 하늘

기어코
성난 함성이
광화문을 덮쳤다

멸치

눈부신 은빛 미라
영생을 꿈꾸고 있나

어디를 가느라고
저리 눈 반짝이며

현세를
돌고 돌아서
잠시 머문 점포에

누구든 필요하면
살과 뼈 다 내주련

비등점 수평 아래
하늘을 감춰놓고

구겨진

은박지 바다
뜀뛰기가 절정이던

잘 여문 꽃씨의 노래, 산수傘壽의 희망가

정용국 시인

1. 들어가며

우리 사회는 의학의 발전과 복지제도의 개선으로 말미암아 엄청난 변화의 기로에 놓여 있다. 출생률은 세계 최저 수준인데 반하여 전쟁 이후 인구가 급증하기 시작한 베이비부머 세대의 인구가 이제 막 60세를 넘으면서 노년의 인구가 급속하게 팽창한 선진국형의 분포도를 형성하게 되었기 때문이다. 최근 정부는 이러한 시대의 흐름에 부응하기 위하여 다양한 복지제도와 노년 인구 대책을 강구하고 있는 것으로 파악되고 있다. 글을 열며 인구와 노년을 이야기하는 것은 이번에 첫 시조집을 간행하는 최인수 선생의 연령이 84세의 노년이기 때문이다.

대학을 졸업하고 농촌진흥청에서 정년퇴임을 하였고 그 이후로 1998년부터 제2의 인생을 시작하여 수필로 등단하였다. 새롭게 시조에 관심을 두어 2016년 울산전국시조백일장에 입상하며 시조 공부에 전념하게 되었다. 시조에 대한 열정은 더욱 커져서 2018년에는 드디어 역사와 전통에 빛나는 제43회 샘터 시조상 장원을 차지하였고 당당히 울산시조시인협회의 정회원으로 활동하며 시조 창작에 온 힘을 기울이고 있다.

10여 년 전만 해도 정년퇴임을 하고 문단에 등단하는 인사들에 대한 시선이 곱지 않았다. 그저 심심풀이로 전문가의 영역에 도전하는 치기로 받아들여진 때문이었다. 그러나 급속하게 증가하기 시작한 60대 등단자들은 이제 시대의 변화 앞에 당당하고도 엄중한 소명을 가지고 창작에 임하고 있다. 1960년대 이전만 해도 평균수명이 60세 이하였고 20대에 등단하는 것은 상식이었다. 그래서 20대에 대학교수가 되어 50대에 삶을 마감하였다. 그러나 지금 현실은 20대에 군역을 마치고 나서 대학을 졸업하고 나면 제대로 된 직장을 잡기에도 빠듯한 연령에 불과하다. 그러니 무슨 여력으로 창작에 임하며 문학에 관심이나 두겠는가. 요즘 대학에 특강을 나가보면 학생들은 창작보다 취업에 더 관심이 커서 문예창작과도 시류에 맞춰서 '디지털문예창작과'니 '사이버문예창작과', '문화콘텐츠학과' 등으로 다변하고 있는 것이 현실이다. 반면에 20~30대에 비하여 우선 경제가 튼튼하고 체력도 감당이 되는 노년의 청춘들은 그들이

지닌 인생의 깊고 소중한 경륜과 세상을 바라보는 긍정의 사고를 바탕으로 누구도 쉽게 체득하기 어려운 문학의 자양분을 만들어가고 있다. 이제 문단에서 누구도 그들의 도전과 패기를 무시할 수 없게 되었으며 새롭게 편입되는 새 식구로 맞아들이는 것이 마땅한 일이 되었다. 이번에 시조시인으로서 첫 시집을 상재하는 최인수는 그중에서도 노전사라고 할 수 있다. 당당한 등단에 이어 산수에 이르는 동안 잘 준비한 씨앗들의 의미와 깊이를 전해주리라 생각한다.

> 무엇보다 이 나이까지
> 살아온 것에 감사한다
> 힘든 일도 많았지만
> 그래도 인생은 살 만한 것
> 방점 하나 찍는 그날까지
> 거북이걸음을 멈추지 않으리라
> —「시인의 말」 부분

  시집을 내는 첫인사를 "감사"의 말로 시작하는 모습에서 연륜의 깊이를 느낄 수 있다. 감사는 종교에서 소중하게 여기는 말이다. 그만큼 인간은 세상의 일을 자신이 주도하고 이루어낸 것으로 여기며 호언하고 장담하는 것이 상례이다. 일상에서 남의 도움 없이는 한 걸음도 나갈 수 없다는 것을 사람들은 잘 모르고 산다. 아침에 눈을 떠서 전등을 켜는 일, 수돗물을 틀고 세수를 하는 일, 화장을 하고 옷을 걸치고 밥을 먹고 지하철을 타고 회사까지 가는 길목에만 수천 명의 노고와 정성이 함께한다. 이에 앞서 부모님과 선생님들의 열정과 사랑까지 생각해보라. 내 목숨과 나의 평온한 일상이 모두 타인의 수고로 이루어진 것이리니 이보다 감사한 일이 또 있겠는가 말이다. "인생은 살 만한 것"이라고 쓴 배경에는 이러한 애틋한 정서가 듬뿍 담겨 있다. 아무나 할 수 있는 말이지만 산수의 연치가 풀어내는 「시인의 말」로 쓰인 이 표현은 남다르다고 할 수 있다. "방점 하나 찍는 그날까지"에서는 유장한 시인의 다짐이 느껴진다. 당신의 고령을 인식하고 쓴 구절일 터이니 어찌 그렇지 않겠는가. 사람은 떠날 때도 의연해야 하지만 그렇지 못하고 삶에 질질 끌려다니고 구차하게 지내다가 가는 것이 다반사이다. 그러나 그의 다짐은 당당하다. 비록 느리고 어둔할지라도 "거북이 걸음을 멈추지 않으리라"고 시조에 대한 열정으로 글을 맺었다. 이제 여든넷의 무게와 깊이가 담긴 그의 작품 속으로 들어가 보자.

2. 가르마에 놓인 세월의 이치

누구나 한 번쯤은 부모님으로부터 '세상모르고 산다'는 꾸지람을 들은 적이 있을 것이다. 요즘 세태로 '인생 팔십'이라고

한다면 40세까지는 세상을 모르고 살며 그 이후부터는 조금씩
이나마 세상을 알아가며 산다고 보면 크게 틀리지 않는 말일
것이다. 그래서 '불혹'이라는 말을 선인들이 한 것인지도 모른
다. 그러나 세상을 안다는 것이 얼마나 어렵고 난해한 일인지
는 살아본 사람들은 다 안다고 하겠다. 인간은 원래 주변과의
불화를 필수로 한다. 다만 그 불화를 참고 견뎌내고 극복하며
살아가는 것이 마땅한 일이다. 태어나기 전인 잉태의 순간부터
자신의 의도가 아닐뿐더러, 태어난 이후에도 다양한 처지와 배
경에 의하여 천차만별의 길을 만나고 최소한 20세 정도가 되어
서야 겨우 자신의 의지가 반영되는 과정이 순리이다. 그 와중
에서 만나게 되는 불공정한 흐름은 쉽게 바꾸거나 극복해내기
는 어려운 것이라 할 수 있다. 그렇게 사람은 성인이 되고 세상
속에서 난관과 문제들을 하나씩 해결해가면서 성장한다. 자식
을 낳아 기르고 직장을 다녀서 가정을 영위하다 보면 순식간에
육십이라는 연치에 다다른다. 이제 조금 자유롭고 자신의 생을
돌아보며 여유를 즐길 수 있는 나이가 된다.

머리를 빗어가다
가을 온 줄 알았다

저무는 산등성이
나부끼는 은빛 물결

서둘러
　　가야 할 길이
　　가르마로 놓였다
　　　－「억새꽃」 전문

　「억새꽃」은 시집 제목으로 차출되었는데, 바로 제43회 샘터 시조상 장원으로 최인수에게 등단의 영예를 안겨준 작품이므로 많은 애정이 스며 있는 작품일 것이다. 단수의 품격과 깊이를 유지하기란 정말 어려운 일인데 세월의 흐름을 흰머리에 비유한 이 작품은 종장의 "서둘러/ 가야 할 길"을 "가르마"로 환치하며 시제를 부각하는 데 성공하고 있다. 또한 노년이 느끼기 쉬운 다급함과 안타까운 심상을 "나부끼는 은빛 물결"에서 "서둘러/ 가야 할 길"이라는 결구로 이어 긴장을 고조시키고 있다. 그러나 '꽃'은 새 생명의 씨앗이고 식물의 절정에 해당한다고 초점을 바꿔보면 '늙음'도 절망과 종점의 이미지를 뛰어넘어서 더 높고 우런한 모습으로 볼 수 있겠다. 억새꽃이 물결치는 언덕에 서서 흰머리를 휘날리며 인생을 관조하는 노년의 생은 얼마나 아름다운가. 일출의 힘보다 낙조의 은은함이 한층 더 감미로운 것은 바로 연륜과 달관의 힘이다.

　　색시 적 곱던 얼굴

뙤약볕에 내어주고

어린것 그늘 골라
젖 물렸던 어머니

시름도
덩굴째 말라
주름 깊어 앉았다
－「호박」전문

　누구나 자기 마음에는 커다랗고 지극한 어머니 한 분을 모시
고 산다. 나이가 들어 자신이 고령에 이르더라도 어머니에 대
한 기억과 그리움은 여전하다. 더욱이 나라를 잃고 전쟁을 겪
은 세대인지라 의식주를 해결하느라 무진 고생을 하신 분들이
어서 마음이 쓰라리고 가슴에 아프게 각인되어 있다. 겨우 나
라를 되찾고 전쟁의 후유증을 앓다가 기아를 면하게 되자 어머
니는 세상을 떠나셨다. 어려움 속에서도 자식들을 키워 대학에
보내고 국가의 발전이 나의 숙명인 양 살아온 세대였다. 그 저
력을 바탕으로 경제를 비롯한 국가의 면모가 서게 된 것이다.
그 긴 세월의 고난을 「호박」에서 읽어낼 수 있다. 어머니의 개
인 운명이 "시름도/ 덩굴째 말라/ 주름 깊어 앉았다"로 표현된
내면에는 이러한 각고의 노력이 있었기에 '호박'도 열리고 그

호박은 배고픔을 달래줄 수 있는 식량이 되었고 씨앗은 또 새봄을 맞아 푸근한 생명을 가져올 것이니 "뙤약볕"도 어머니의 "곱던 얼굴"과 함께 호박을 키운 저력이요 근원이 되었다. 그러니 가만히 주름 가득한 호박을 들여다보면 그곳에 애처로움과 죽음만이 아니라 삶이 있으며 생명이 있다고 할 수 있겠다.

> 마주한 끼니마다 겸상이 오붓하다
> 반백 년 익힌 솜씨 내 입맛 맞춰주네
> 숟가락 수북이 떠서 서로 건넨 눈웃음
>
> 맷돌을 업은 듯이 등 굽은 한 세월을
> 잡은 손 놓지 않고 당겨주고 밀어주고
> 가다가 오르막에선 때론 덜컹거렸지
>
> 창밖을 언뜻 보니 꽃 커플 걸어간다
> 지난날 저 길 위에 우리 내외 있었는데
> 어느덧 억새밭 속을 함께 걷고 있구나
> ─「수저 두 벌」전문

이제 어머니는 떠나고 그 곁에 늙은 아내가 있다. 어머니보다는 훨씬 쉬운 세월을 살았어도 고생의 *끄트머리*에서 험난한 시간을 보냈을 아내이다. 다행히 끼니 걱정을 벗어나 "숟가락 수북이 떠서 서로 건넨 눈웃음"에서 겸상을 한 자리가 빛난다. 그렇지만 "굽은 한 세월"과 "오르막에선 때론 덜컹거렸"던 사연도 추억으로 묻혀 있다. "꽃 커플"로 표현한 재미있는 구절 속엔 지나간 세월이 뒹굴거리고 있다. 두 벌의 수저가 나란히 겸상을 받는다는 것이 얼마나 복이 많은 일인지 노년이 되어서야 깨닫게 되는 것이 보통이다. "어느덧 억새밭 속을 함께 걷고 있"는 현실에서 지나간 젊은 시절의 애틋함이 묻어난다. 이제 「수저 두 벌」은 삶을 마치는 순간까지 오붓하게 함께 걸어가야 하는 숙명이 걸려 있는 소중한 삶의 상징으로 다가온다. 결혼을 하는 순간부터 부부를 중심으로 가정이 꾸려졌고 이제 자식들은 다 솔가하여 나간 상황이므로 두 사람은 원래의 자리로 돌아온 것이다. 오붓한 '수저 두 벌'의 삶이 소중하다는 것을 새삼 깨닫게 해주는 작품이다.

밤사이 하늘과 땅 보석 팩을 하였다
뽀얗게 되살아난 민낯의 이 눈부심
햇살은 가만 다가와 간접 조명 하고 있다

가난한 나의 뜰을 환히 밝힌 황금 별로
깊어진 향기 풀어 국화차 내어 오면
이 오랜 천식도 점차 눈 녹듯이 갈앉고

비로소 산과 들은 단풍 물 드나 보다
강물이 거울 꺼내 자기 얼굴 비춰 볼 때
바람은 가지 비집고 겨울 속을 가고 있다
─「첫서리」 전문

경륜과 지성의 감정은 언제나 위기 앞에서 빛나게 마련이다. 자연의 현상으로 본다면 "첫서리"는 엄청난 악재라고 할 수 있다. 일단 모든 풀들은 잎이 얼어 죽게 되며 인간도 다가올 한랭전선에 대비해야 하는 무언의 경고이기 때문이다. 그러나 시인의 첫 일갈은 위대한 상상의 힘으로 빛나고 있다. "밤사이 하늘과 땅 보석 팩을 하였다/ 뽀얗게 되살아난 민낯의 이 눈부심"이라니, 필자는 아직 '서리'를 이토록 로맨틱하게 표현한 구절을 접하지 못하였으니 놀라지 않을 수 없다. 인간과 자연이 대재앙을 맞아 생사의 기로를 헤매는 판에 "보석 팩"이 웬 말일까. 순발력을 앞세운 상상은 참으로 경이롭다. 강하게 치고 나온 첫 수에 이어 다음 수에서는 담담하게 초겨울의 정경을 "국화차"와 "단풍"으로 이어 붙이고 있다. 또한 "천식"과 "바람"은 상극에 해당하는 요소인데 두 수에 나란히 걸쳐놓았다. 겨울이 다가와 바람이 차가워지면 천식 환자에게는 경계령이 발동할 만큼 천식과 바람은 천적의 관계이다. 그러나 시인이 "황금 별"과 "국화차"로 천식을 다스리게 "바람은 가지 (속을) 비집고" 나지막하게 비켜 가도록 배려한 모습은 정겹고 따스한 경륜의 힘이 아니고서는 읊을 수 없는 경지임에 틀림없다. 첫서리가 온 들판에 하얗게 내린 풍광을 눈을 감고 그려본다. 그 위로 "햇살은 가만 다가와" 반짝거리는 아침은 얼마나 정겨울 것인가. 생물에게는 분명 난관이 되는 순간이겠지만 그 광경을 따스하게 풀어낸 팔순의 손은 여전히 힘이 있다.

3. 산수의 연치에도 다짐은 빛나고

근래에 이르러 노령 인구의 급증과 함께 노년의 삶에 대한 조명이 크게 매스컴을 타고 있다. 가령 노년의 건강을 비롯하여 여가 생활, 새로운 직장, 자녀와의 소통은 물론 성생활에 이르기까지 다양한 연구가 발표되는 추세라고 한다. 그만큼 우리 사회에서 노년 인구가 차지하는 비율이 높고 제반 사회문제로 떠오르고 있기 때문이다. 얼마 전 고양시가 주최하는 어르신백일장에서 심사를 맡았는데 참가자들의 수와 열정은 물론이고 글솜씨의 수준에 놀랐었다. 아마추어의 수준이 그 정도이니 정식으로 문단의 길을 통과한 노년의 솜씨는 한층 더 옹골차다고 하겠다. 늦깎이지만 최인수는 누구보다도 작품에 대한 열정이 강한 만큼 자신의 글에 대한 자부심 또한 대단하다.

　　　　가슴 저 밑바닥서
　　　　캐어낸 돌 한 덩이

머리가 하얗도록
갈고 또 닦았더니

밤하늘
별이 되어서
푸른빛을 더하네
　　－「습작」 전문

　시조를 접한 지 5년 차 정도에 이르는데 습작이 넘칠 만큼 많은 시간과 여력을 시조에 집중하고 있다. 「습작」은 그야말로 자신의 처지와 심정을 고스란히 표현한 작품으로 보이는데, 창작에 들인 공과 시조에 대한 믿음이 역력하게 돋보인다. 마치 도끼를 갈아 바늘을 만들었다는 고사가 떠오를 만큼 "돌 한 덩이"를 "별"로 빛나게 한 공력과 다짐을 느낄 수 있다. 샘터시조상의 심사를 맡았던 박기섭 시인은 사석에서 최인수의 시조는 그의 연치에 비하여 열의가 대단하고 작품도 힘이 있다는 말을 전해주었다. "머리가 하얗도록/ 갈고 또 닦았"던 길이 꾸준히 지속될 수 있도록 그의 건강이 오래 잘 유지되기를 바라는 마음이 간절해진다.

　죽어도 놓지 않는 이름을 남기려고

어디든 달려가서 얼굴을 들이민다
가짜가 진짜가 되는 그런 형국이랄까

민낯을 뒤집어서 하늘을 쳐다본다
구름은 죄 안 지어 물같이 흐르는데
나더러 풀이 말하길 흔들리며 살란다

아침에 눈을 뜨니 이슈 된 뉴스 하나
허우대 멀쩡한 놈 은팔찌 차고 간다
삼족솥 불덩이 속에 활활 타는 말씀들
－「청동 삼족솥」 전문

　팔순의 나이가 되면 생각이 흐려지고 기억력도 크게 떨어져서 제반 문제들을 파악하는 변별 능력이 저하되기 마련인데 최인수의 지력은 아직 온전하면서도 강직하다. 사회문제를 파악하고 판단을 내리는 시각이 올곧고 정의롭다. 「청동 삼족솥」은 그러한 면에서 좋은 본보기가 된다. 세태라는 것이 정의의 가면을 쓰고 난동하는 것이어서 젊은 지성들도 정신을 차리지 않으면 속아 넘어가기 일쑤인데 그의 눈은 적확하고 날카롭다. '이름과 얼굴'을 후세에 남기려면 정당하고 올곧아야 하지만 "죽어도 놓지 않는" 공명심 때문에 "물같이 흐르"지 못하고 날뛰다가 결국은 죗값으로 "은팔찌 차고 간다"는 말은 새겨들어야 할 말이다. 모든 욕심은 집착으로부터 나온다. 집착은 또 욕심이며 허영의 대명사이다. 그래서 "가짜가 진짜가 되는 그런 형국"은 우리 사회에 만연해 있고 국민들도 가늠하기 어려운 혼란을 초래하고 있다. 언론과 검찰이라는 최고의 권력도 시인의 말을 경청해야 할 것이다. 그러지 않는다면 "삼족솥 불덩이 속에 활활 타는 말씀들"처럼 말씀만 타는 것이 아니라 어쩌면 제 몸까지도 태워버리는 우를 범하게 될 것이다. 시인이 '구름과 물과 풀'을 불러다가 인간의 행위를 비판하기에 이른 내면에는 '자연의 섭리'가 얼마나 위대하고 바른 것인가를 마치 노자의 『도덕경』과도 같이 시조를 통해 역설하고 싶었던 뜻이 있었으리라.

> 활화산 북한산이
> 시나브로 연기 뿜어
>
> 펑 하고 터진 분화
> 검은 재 덮은 하늘
>
> 기어코
> 성난 함성이
> 광화문을 덮쳤다
> ―「활화산」 전문

여기 또 하나의 "활화산"이 타고 있다. 우리가 불과 3년 전에 겪었던 '구운몽'과도 같았던 권력의 실상을 단수로 힘차게 내리치고 있다. 움직이지 않고 가만히 있어도 '활화산'은 이렇게 무서운 법이다. 활동량이 적은 노년도 어찌 보면 활화산이라고 해야겠다. 이렇게 짧은 글로 복잡하고 난해한 실체를 단번에 정의할 수 있는 단시조의 힘이 느껴지는 작품이다. "시나브로" 는 지속된 권력의 부정을 상징하기도 하지만 정의로운 국민들이 조금씩 힘을 모아가는 과정을 표현했다고 볼 수도 있다. "검은 재"는 하늘을 덮고 나서 "성난 함성"으로 변하여 "광화문을 덮쳤다"로 마감되는 과정은 짧은 진행 안에서 보여준 시인의 고감도 구성 능력을 살펴보게 한다. 그래서 작품 전체가 중의重意와 상징이 적절하게 유기有機하며 서로 탄력을 갖춘 구성을 향하여 응집한 결과를 여실히 보여주고 있다.

내 비록 이름값은 아지랑이 몸체 같아도
이 강산 골골마다 버텨낸 민초란 걸
때로는 허리를 굽혀 학을 앉혀 춤췄다

풀대죽 못 끓여서 애태운 울 엄니는
들에서 삘기 뽑고 산에 가 송기 꺾어
허기진 세월 달래며 질긴 세상 살았다

단연코 소나무는 허투가 아니란 걸

날개 편 궁궐에서 대들보 되었다가

풀 먹인 모시옷 입고 먹을 가는 선비임을

－「우리 소나무」 전문

    '우리'라는 단어처럼 강력한 결속력을 가진 말도 찾기 힘들다. 평범한 말에도 '우리'가 붙으면 단번에 단단해지고 끈끈해진다. '우리나라'가 그렇고 '우리 가족', '우리 민족'이 그렇다. 시인은 그것을 "소나무" 앞에 붙여서 일사불란하게 세 수의 단수로 이었으니 소나무에 얽힌 '우리 민족'의 이야기를 단단하게 결속해놓은 것과 같은 효과를 불러왔다. 첫 수에서는 굽은 소나무는 굽은 대로 "아지랑이 몸체 같아" "허리를 굽혀 학을 앉혀 춤췄다"라는 재미있는 표현으로 시작하였다. 둘째 수로 나가면서 "풀대죽 못 끓여서 애태운 울 엄니"가 등장하며 식량이 부족했던 시절의 이야기로 전개된다. "송기 꺾어/ 허기진 세월 달래며 질긴 세상 살았다"는 말로 소나무는 새로운 고마움의 주체로 떠오른다. 이어진 마지막 수에서는 '궁궐의 대들보'가 된 금강송의 저력을 기록하며 "풀 먹인 모시옷 입고 먹을 가는 선비"를 상징하는 소나무의 총체를 마무리하고 있다. 이렇게 우리 민족과 오랜 세월을 함께하며 '허기와 결기'를 세워준 소나무는 그야말로 '우리 소나무'가 될 자격이 충분하다 해야겠다. 다시 한번 최인수의 시조에 대한 적공을 되돌아보게 하는 작품이다.

4. 세월의 깊이는 꽃단장으로 다가오네

사계가 뚜렷한 우리나라의 기후는 인간에게 더할 수 없는 안정감과 서정을 선사하고 있다. 지구 북반부에 있어서 겨울이 약간 길게 느껴지지만 오히려 이러한 요소는 이곳에 살고 있는 모든 생물에게 긴장과 열정을 갖게 할 뿐만 아니라 짧은 계절의 변화에 신속하게 적응하는 대처 능력까지 심어주었다. 열대 기후에 살아가는 사람들은 늘 식량이 넉넉하고 추위에 대한 걱정이 없어서 대체로 부지런하지 않다. 그러나 우리나라에 사는 사람이라면 상황이 그리 만만하지 않다. 봄이 되면 우선 새순을 따서 나물을 만들어놓아야 한다. 부지런히 논밭을 갈아 씨앗을 뿌려야 가을걷이가 가능하고 짧은 가을에는 식량이 될 만한 것들은 모조리 거둬들여야 추운 겨울을 무사히 건널 수 있다. 곡식은 물론이고 무나 가지와 호박 등을 잘 말려서 썩지 않게 갈무리하는 것과 김장을 하고 장을 준비하는 것도 빠트릴 수 없는 일들이다. 이렇게 준비해야 할 것들이 많으니 당연히 음식 만드는 기술과 삶의 지혜가 발전하게 되었다.

한편으로 생활에 필요한 비법이나 요령을 전수하기 위하여 글로 적고 시험을 통하여 기술을 개발하는 것이 일상처럼 되었다고 보아야 한다. 그러니 총체적인 문화의 수준이 향상되고 더 나아가 언어를 통한 문학을 깊이 향유하는 고도의 질 높은 삶이 자리하게 된 것으로 보인다. 최인수의 시조에도 많은 계절이 지나가는 모습과 아름다운 변화의 장면들이 담겨 있다. 팔순의 노련한 시각과 깊은 사유가 깃들어 있는 서정은 다정하고 따듯하다.

> 터진다, 여기저기 분 냄새 코 찌른다
> 일제히 가로수는 꽃가루 뿜어댔고
> 갑자기 울렁증 일어 마른기침 뱉는다
>
> 들렸다, 한밤까지 눈 녹은 골 물소리
> 말 없는 촛농처럼 마음도 뜨거웠고
> 큰 물길 도도한 기세 새 길 하나 내었다
>
> 깨금발 아지랑이 식곤증 불러온다
> 늘어진 시곗바늘 이쯤서 머문다면
> 도잠이 꿈꾼 세상이 아마 지금일 수도
> ―「꽃 필 무렵」 전문

수십 번의 봄을 맞이했으면서도 늘 새롭고 들뜬 마음으로 봄을 맞이할 수 있다는 것은 이미 시인의 자질이 충분하다는 것을 대변해준다. 그런 감흥을 느낀다는 것은 시인의 마음에 좋은 울림통이 큼지막하게 들어 있어서 감정을 시들지 않게 자주 울려주고 있기 때문이라고 본다. 그저 봄이 되면 꽃은 피는 것이 일이고 가을이면 지는 것이 일상인데 무에 그리 놀랄 일이냐 한다면 그야말로 '늙은이'라고 보아야 하지만 "울렁증", "마른기침"에 "촛농처럼 마음도 뜨거웠"다는 시인의 마음은 아직도 청춘이 틀림없는 것이다. 각 수의 첫머리에 "터진다", "들렸다"를 놓고 쉼표를 하나씩 찍은 것도 격한 감정을 추스르기 위한 것이리라. 해마다 꽃이 피는 일을 "큰 물길 도도한 기세 새 길 하나 내었다"라고 표현할 수 있는 것은 풍부한 감정과 젊은 기질이 많다는 것과 상통하는 말이다. "깨금발 아지랑이"는 또 얼마나 정겨운 가락인가. 보일 듯 안 보일 듯 아른거리는 '아지랑이'를 위에서 '소나무'에 비유한 바 있고 이번에는 아이들이 까불며 장난칠 때 하는 '깨금발'로 이어놓았으니 대단한 서정이라 해야겠다. 마지막에 이르러 시인은 "꽃 필 무렵"을 "도잠이 꿈꾼 세상"이라고 하였다. 중국 동진, 송대의 대시인 도연명의 「귀거래사歸去來辭」를 불러다 놓았으니 팔순 시인의 봄은 해마다 더욱 빛날 것이다.

길바닥 알록달록 모자이크 하는 낙엽
밤새 뉘 떠나는지 만장처럼 젖어 있고
우리들 마음 자락에 끊긴 현을 잇는다

세상 다 잠긴 밤에 가물대는 불빛 몇 점

아직도 무슨 생각 지우지 못해선지

말 못 할 내면 이야기 꾹꾹 눌러 쓰고 있다

풀벌레 목이 잠겨 눈물도 말라버린

이 고요 적막 끝에 풍경 하나 매달리고

속 깊이 갈앉은 앙금 가만가만 풀리겠다

　　　　　　　　　　　　　−「가을비」 전문

　최인수의 봄이 혁명처럼 왔다면 또 가을은 어떻게 다가올까 궁금했다. "알록달록 모자이크 하는 낙엽"은 신선하고 발랄한 이미지였다. 그러나 역시 가을은 깊이에 함몰하는 계절이라 어쩔 수 없이 시인도 감회에 빠져든다. 낙엽에 겹쳐진 감회는 "밤새 뉘 떠나는지 만장처럼 젖어 있"지만 시인은 마음을 다잡아 "우리들 마음 자락에 끊긴 현을" 이으며 긍정의 불씨를 지피고 있다. 가을에 오는 비는 정겹고도 쓸쓸한 것이니 밤에도 잠 못 들고 시인은 "말 못 할 내면 이야기 꾹꾹 눌러 쓰고 있다". 밤이 깊어 풀벌레 소리도 잦아든 밤에 시인은 마음의 촉을 내밀어 "이 고요 적막 끝에 풍경 하나 매달"아 보는 것이니 노작의 심기가 장엄에 이른다. 역시 가을은 침잠의 계절이다. 세사를 다 잊고 모아진 기운은 "속 깊이 갈앉은 앙금"이 되었다. 물속에서

미동도 하지 않는 공력의 덩어리는 아무나 만들 수 없는 법이고 익을 대로 익은 가을의 별미와도 같은 것이니 쉽게 아무에게나 줄 수도 없다. 가을비 오는 밤 "갈앉은 앙금"을 "가만가만 풀"어내고 있는 시인의 뒷모습은 깊고 또 무겁다.

> 빈 하늘 빼곡하게
> 날아든 하얀 철새
>
> 웅크린 가지마다
> 온기만 남겨놓고
>
> 덩그렁
> 낮달 앉힌 채
> 어디론가 가고 없다
> ─「목련 지다」전문
>
> 똘똘똘 귀뚜리가
> 달빛 책장 넘기는 밤
>
> 난해한 문장들에
> 갈잎이 주註를 달고

서리는

복사기 돌려

한국화를 출력한다

–「가을밤」 전문

　「꽃 필 무렵」과 「가을비」에 이어 다시 봄과 가을 노래한 두 단수를 살펴보자. 최인수의 단수가 정갈하고 매력이 있는 것은 시제를 붙이는 그의 내공이 깊어서 그렇다. 두 작품 어디에도 ‘목련’과 ‘가을’이 들어 있지 않으면서도 독자를 가장 진하게 매혹하며 목련과 가을을 이야기하고 있으니 말이다. 희고 큰 목련 잎은 “철새”가 되었다가 다시 날아가 버렸으니 ‘지다’가 완성되었다. 꽃이 져서 허전한 자리에 시인은 은근하게 “덩그렁/ 낮달”을 그려두었다. 꽃이 진 아쉬움을 쉽게 삭이기 어려웠을 독자들의 마음을 위무하는 듯 언뜻 보면 목련의 흰 잎사귀와도 같은 낮달이 보이는 듯 눈에 선하게 남아 있는 모습이 너무 처연하다.

　「가을밤」에서는 “귀뚜리”와 “갈잎”과 “서리”가 각각 시조의 각 장을 담당하고 있다. 그 고즈넉한 정경에는 비유가 살아 숨쉬며 서정이 힘을 발산한다. 귀뚜리의 소리는 독서하는 장면을 연상케 하고 “주를 달고”라고 표현한 것은 갈잎이 “난해한 문장들”을 덮어서 해결해주었다는 말이다. 여기에서 “난해한 문장”은 인간이 해결하기 어려운 문제거나 이미 저질러진 심각한 사건을 상징하는 것으로 보인다. 서리가 내리는 날은 일교차가 심한 날이니 온 들판이 하얗게 흰색으로 덮여서 새로운 그림을 연출한 것을 비유한 것인데 "한국화를 출력한다"라는 다소 밋밋한 표현으로 마무리되어 아쉽다.

5. 나가면서

인간도 대자연의 순환 진리에 따라 저마다의 생을 살고 조용히 떠나가는 것이 섭리다. 누구도 이것을 거스를 수 없다. 최인수의 시조에도 이러한 장면들이 많다. 생명의 무게를 당당하게 받아들일 줄 아는 것도 사람의 마지막 책무이리니 어찌 그렇지 않겠는가. 다만 최후의 일각까지 긍정의 자세를 유지하고자 진력하고 기꺼이 순명을 받아들여야 하는 것이다.

물드는 이 가을은 화장한 네 모습 같다
사는 일 힘겨운지 소식조차 묻힌 오늘
단풍잎 서정을 담아 민낯으로 다가간다

쌀 씻는 소리처럼 울어대는 벌레 울음
저들도 끝나가는 한생이 서러운지
짧은 밤 더디 새라며 못다 한 말 쏟는구나

올여름 기쁨 줬던 예쁜 꽃들 환한 웃음

까맣게 여문 씨앗 봉지 봉지 채워가며

사랑아, 보고 싶단 말 가슴 꼭꼭 숨길래

−「가을 엽서」 전문

　여기 조용히 종명을 기다리며 가을 엽서를 쓰는 이가 있다. 사랑하는 사람에게 쓰는 엽서는 아직도 가슴을 따듯하게 하고 설레게 한다. 단풍잎은 "화장한 네 모습 같다"며 한껏 마음을 부풀려본다. "벌레 울음"에서는 아직 그대에게 못다 한 말이 떠오르고 "올여름 기쁨 줬던 예쁜 꽃들 환한 웃음"에게도 고마움을 전해본다. 그러나 "까맣게 여문 씨앗 봉지 봉지 채워가며" 다시 봄을 준비하는 손끝에는 생명의 소중함이 듬뿍 묻어난다. 그래서 아직은 사랑하는 이에게 마지막 인사를 건네기가 싫은 것이다. "보고 싶단 말 가슴 꼭꼭 숨길래"라고 끝을 맺은 속내에는 내년에도 후년에도 다시 그대와 함께 봄을 맞이하고 싶은 감정이 고스란히 숨어 있다. 하늘이 준 생명의 소중함이 한껏 묻어나는 가편이다.

밥 달라 칭얼칭얼 늙은 애 돌보느라

오늘도 살그머니 천사가 다가오네

지지야 말려도 말려도 분탕질이 끝없다

엄마 나 저 사람과 꼭 결혼할 거야
침 발라 머리 빗고 물 찍어 분 바르고
미수에 아가씨 되어 꽃밭 속을 거닌다

어디론가 날아갔다 돌아보면 늘 그 자리
꿈결에 누군가가 손사래 치는 건지
유리창 스크린 너머 나비 훨훨 날고 있다
　　　　　　　　　　　　　　　－「하얀 천사」 전문

　"하얀 천사"는 혹시 시인의 주변인일지도 모른다는 불온한
생각이 훅 스친다. 요즘 우리 주변에서는 너무 많은 노인들이
여러 가지 상황 때문에 요양병원에서 삶을 마감한다. 소중했
던 삶의 기억을 상실하게 만드는 치매는 누구도 피해 갈 수 없
는 과정이라고 해도 과언이 아니다. 시인은 역설의 의미로 치
매 노인을 "하얀 천사"에 비유하여 어린아이를 돌보듯 자상하
게 보듬고 있다. 마치 말썽을 부리는 손자와 같이 가슴에 안아
주고 있다. "유리창 스크린 너머 나비 훨훨 날고 있다"로 마무
리한 천사의 이미지가 오래도록 독자의 가슴을 파고든다.

　최인수의 첫 시집 『억새꽃』은 누구도 쉽게 따라갈 수 없는
노년의 역작이다. 정확하게 84세의 연치에 시조로 첫 시집을
낸다는 것은 상상을 초월하는 일이며 현재 우리 시조단에서도

사례를 찾아보기가 힘든 일이다. 그러나 최인수의 시조는 여러 가지 우려를 말끔하게 씻어주었다. 앞에서 살펴본 바와 같이 사물을 투시하는 뛰어난 서정과 사회를 바라보는 건강한 시각은 물론이고 인생의 경륜이 가득 담긴 긍정의 시선으로 바라본 세상은 한결 보드랍고 아름다웠다. 시집『억새꽃』출간을 감축드리고, 바라건대 앞으로도 더욱 강녕하게 격조 있는 시조에 매진할 것을 당부하며 글을 맺는다.

억새꽃

—

초판 1쇄 2019년 12월 10일
지은이 최인수
펴낸이 김영재
펴낸곳 책만드는집

—

주소 서울 마포구 양화로3길 99, 4층 (04022)
전화 3142-1585·6
팩스 336-8908
전자우편 chaekjip@naver.com
출판등록 1994년 1월 13일 제10-927호
ⓒ 최인수, 2019

—

* 이 책은 울산시 문화재단으로부터 출판비 일부를 지원받았습니다.

—

ISBN 978-89-7944-712-5 (04810)
ISBN 978-89-7944-354-7 (세트)